EXU

DOIS AMIGOS E UMA LUTA

MÍGHIAN DANAE | ILUSTRAÇÕES CACO BRESSANE

COLEÇÃO CONHECENDO OS ORIXÁS

COORDENAÇÃO WALDETE TRISTÃO

Todos os direitos reservados © 2019

É proibida qualquer forma de reprodução, transmissão ou edição do conteúdo total ou parcial desta obra em sistemas impressos e/ou digitais, para uso público ou privado, por meios mecânicos, eletrônicos, fotocopiadoras, gravações de áudio e/ou vídeo ou qualquer outro tipo e mídia, com ou sem finalidade de lucro, sem a autorização expressa dos autores.

Projeto gráfico: *Caco Bressane Ilustração e Design*

Catalogação na Publicação (CIP)

D171e	Danae, Míghian, 1980-
	Exu, dois amigos e uma luta / Míghian Danae Ferreira Nunes, Caco Bressane – 1ª ed. – São Paulo: Arole Cultural, 2019.
	40 p., il. color.
	ISBN 978-85-906240-2-8
	1. Religiões Afro-brasileiras. 2. Educação Infantil. 3. Candomblé. 4. Umbanda. I. Título.
	CDD 299.6
	CDU 299

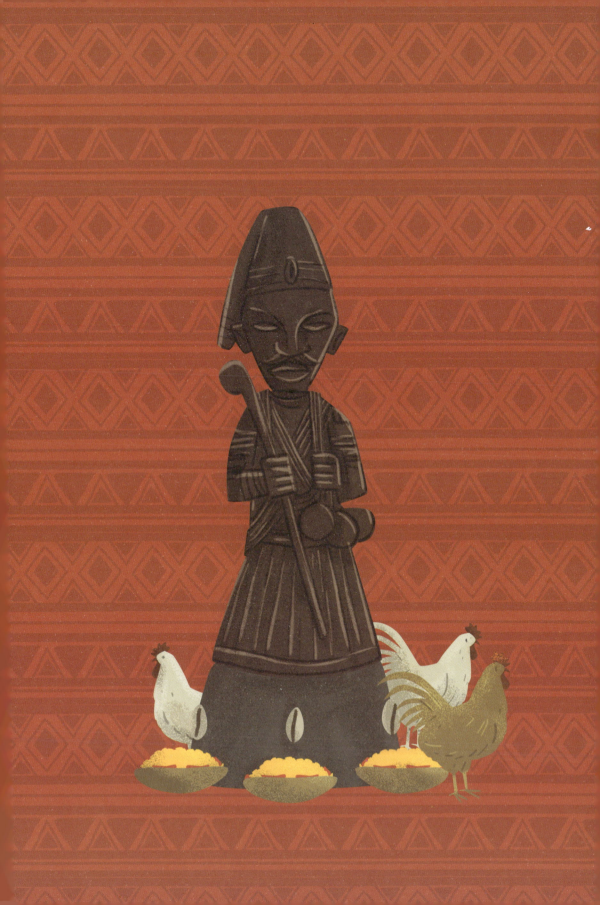

APRESENTAÇÃO

Escrever um livro sobre os Orixás era uma ideia antiga e um sonho produzi-lo com meu filho Róbson Gil, que na infância me deu pistas para concebê-lo: no final do ensino fundamental, aos 14 anos, ele estudava mitologia e estabelecia paralelos entre o que lia na escola sobre os deuses gregos e o que lia em casa sobre os Orixás, deuses africanos, a partir da literatura que eu lhe oferecia.

Embora o projeto existisse há pelo menos 10 anos motivado tanto pelas minhas experiências profissionais na área da educação quanto pelas minhas experiências como mãe, por razões inúmeras ele ainda não havia se materializado: trabalho, mestrado e doutorado, entre outros compromissos pessoais, exigiam tempo e dedicação que não me permitia realizá-lo.

Entretanto, a morte do meu filho Róbson Gil, no ano de 2017, obrigou-me a enfrentar um processo de reconstrução e de reinvenção de mim mesma ao compreender que quase nada na vida está sob nosso controle e dentre outras, voltar ao projeto literário era uma das possibilidades para seguir a minha vida... Nesse sentido, Diego de Oxóssi, meu irmão-de-santo e responsável pela Editora Arole Cultural, sabendo do meu projeto original, convidou-me a retomá-lo, aproximando-me do ilustrador o Caco Bressane, e a obra aconteceu.

Inaugurado o projeto com o "livro zero", Conhecendo dos Orixás – De Exu a Oxalá, no qual apresentamos cada um dos principais Orixás da cultura afro-brasileira e seus costumes, Diego e eu avançamos para uma coleção de 17 livros a partir de um itán específico do Orixá que intitula cada volume.

O itán, para os povos iorubás, é um fato histórico no qual eles confiam como sendo a verdade absoluta na resolução das questões cotidianas

e que nunca perdem a sua força por que são passados oralmente de geração a geração. História de linguagem simples que encerram ensinamentos e costumes por que permanecem na memória ancestral, através de acontecimentos do cotidiano.

O livro que você tem agora em mãos é o primeiro da coleção "O Livro dos Orixás para Crianças": "Exu, dois amigos e uma luta" é escrito por Mighian Danae, doutora em Educação pela FEUSP com vasta experiência na educação infantil.

Nele você vai conhecer uma história inspirada em um antigo itán de Exu que nos ensina que uma verdade pode ter muitos lados e versões e, por que Exu está sempre pronto para a luta ou para a diversão, ele também nos ensina que a contradição faz parte da vida. Exu não é bom e não é mau, não é quente e não é frio, não é sombra e não é luz. Exu é ao mesmo tempo o claro e o escuro, por que seu nome é ousadia!

Boa leitura!

Waldete Tristão
Doutora em Educação pela FEUSP
Ekedji de Oxóssi no Ilê Obá Ketu Axé Omi Nlá
Organizadora da coleção "O Livro dos Orixás para Crianças"

Exu é o primeiro orixá que deve ser saudado, agraciado, lembrado... e isso deve acontecer por que é ele quem protege os caminhos e ilumina as estradas de todas as pessoas que pedem sua atenção e cuidados em primeiro lugar. É de Exu a primazia do mundo, assim quis Olorum e assim sua força se impôs no cotidiano da vida, na labuta do fazer entre os seres humanos e deles com as folhas, com a terra, com os instrumentos de trabalho e com os sentimentos.

Bará, Legbara, Eleguá...

Exu tem muitos nomes e alguns deles também são seus adjetivos, que falam quem ele é, que além de tudo é sempre mais e maior do que podemos imaginar. Exu mora nas encruzilhadas e nos cruzamentos de dois ou mais caminhos, porque lá é o lugar do encontro entre as pessoas – e Exu adora estar no meio delas!

ALÉM DISSO, EXU TAMBÉM É O RESPONSÁVEL POR RECEBER OS EBÓS - NOME DADO ÀS OFERENDAS E PRESENTES SAGRADOS - E ENTREGÁ-LOS EM SEUS DESTINOS, COMO SE FOSSE UM MENSAGEIRO DOS DEUSES.

DE TANTO FICAR ALI CUIDANDO DOS EBÓS DESTINADOS AOS ORIXÁS, AS ENCRUZILHADAS SE TORNARAM SUA CASA - E COMO ELE CUIDAVA MUITO BEM DAQUILO QUE RECEBIA, OXALÁ, O ORIXÁ DA CRIAÇÃO, DECIDIU QUE QUEM QUISESSE FICAR MAIS PRÓXIMO DOS CÉUS DEVERIA ANTES RENDER LOUVORES A EXU.

Exu se move entre as coisas, as pessoas e os lugares; no cruzamento das palavras e das ações de quem o chama.

Exu nunca deixa faltar nada a quem se lembra dele: fartura, proteção, discernimento e força.

Sua saudação, Laroiê, reivindica uma de suas qualidades mais importantes, fundamentais para a manutenção da vida humana na Terra e sua beleza, porque Exu é aquele que traz e leva as notícias, que movimenta tudo o que acontece, que faz do tempo e do espaço sua morada.

UMA DAS HISTÓRIAS QUE OS MAIS VELHOS CONTAM SOBRE EXU LEMBRA MUITO BEM DA FORÇA QUE ELE CARREGA SOBRE SI E QUE QUER VER ESPALHADA NO MUNDO...

HÁ MUITOS E MUITOS ANOS, NO TEMPO DA TERRA, QUANDO AS PESSOAS LIDAVAM COM A NATUREZA COMO UMA IRMÃ, UM HOMEM E UMA MULHER QUE ERAM AMIGOS DESDE A INFÂNCIA TRABALHAVAM NO CAMPO E EM SEUS ROÇADOS, CULTIVANDO ARROZ, INHAME, FRUTAS E VERDURAS PARA ALIMENTAR AS FAMÍLIAS DA COMUNIDADE ONDE VIVIAM.

Naquele lugar, ali para as bandas de Osun, uma região linda num país que hoje chamamos Nigéria, era sabido que todas as pessoas deveriam fazer louvações e agradecimentos a Exu todos os dias e especialmente antes do tempo das colheitas começarem.

Lá os inícios tinham começos que seguiam caminhos sem fim, assim como os plantios precisavam conhecer o curso da água para fazer nascer a vida nas folhas.

Ao observarem como a natureza funcionava todas as pessoas da comunidade entendiam, então, a importância de Exu, afinal é preciso força para começar e continuar. Orixá é ação de vida e todos eles juntos nos lembram de que essa força nossa não é de agora e não tem tempo de acabar:

LAROIÊ PARA COMEÇAR,
com pedidos de boa colheita para um bom plantio.

MOJUBÁ PARA CONTINUAR,
agradecendo o bom plantio que veio de uma boa colheita.

ACONTECEU, PORÉM, QUE NAQUELE DIA O HOMEM E A MULHER SE LEVANTARAM COM PRESSA PARA TRABALHAR E ACABARAM SE ESQUECENDO DE AGRADECER POR MAIS UMA MANHÃ E DE SENTIR O QUE EXU QUERIA DELES.

NUM DESCUIDO, EXU, QUE NUNCA DORME E ALI JÁ ESTAVA A MANDAR A CHUVA PARA REGAR AS PLANTAÇÕES, NÃO FOI LEMBRADO...

MAS EXU, QUANDO NÃO ERA LEMBRADO, FAZIA-SE LEMBRAR: AFINAL, SE LÁ JÁ ESTAVA, COMO PODERIA PASSAR SEM CUMPRIMENTAR AQUELAS PESSOAS POR QUEM TANTO TINHA FEITO DESDE QUE VIERAM AO MUNDO?

Exu vestiu então sua melhor roupa e um lindo chapéu com as cores que mais gostava: metade preto, metade vermelho, e assim foi passear pelos campos e plantios.

Exu caminhava pomposo e todas as pessoas da comunidade de longe avistavam sua beleza escarlate-negra.

Porém, ao passar por entre os roçados cuidados pelos dois apressados que, ainda por cima, estava ali mexendo com a terra sem lhe pedir licença, Exu só foi visto quando parou em pé exatamente sobre a linha que separava os plantios do homem e da mulher, esquecidinhos!

Movendo-se lentamente, como gostava de andar sobre a terra quando procurava aquilo que lhe era de direito, discretamente o homem e a mulher perceberam a presença de Exu por entre o mato.

DE UM LADO, O HOMEM VIU O PRETO ENCORPADO EM EXU! UM PRETO INTENSO E ÚNICO, UM PRETO-EXU QUE NÃO SE CONFUNDIA. VIU E TREMEU.

Do outro lado, a mulher viu o vermelho encarnado de Exu! Um vermelho sangue e vida, um Exu-vermelho que não se apagava nem mesmo entre o mato alto que ia na linha do roçado. Viu e correu.

— Chegou a ver Exu por aí? — disse ela, ofegante, para o homem encurvado sobre a terra, tremendo de medo.

— Vi sim! Exu de preto, caminhando na divisa de nossos roçados. Você louvou Exu quando acordou, não é mesmo? Então ele veio aqui ter comigo, que o esqueci, fique em paz... Vá para lá, estou pronto para isso.

— Ah, não! Eu também me esqueci de louvar Exu, assim como tu. Não pense que estou salva... Exu-vermelho veio me lembrar de como o meu destino está em suas mãos, tenho certeza que o que ele quer é ter comigo e não contigo.

— Exu-vermelho? Não, de jeito algum! Exu está com seu lindo chapéu preto, aquele escolhido para vir me cobrar o que lhe devo.

- EXU-PRETO É QUE NÃO FOI! ELE ESTÁ É DE VERMELHO SIM E SEU ENCONTRO ERA COMIGO!

- VÁ EMBORA, MULHER! SAIA DE MINHA TERRA COM SUA LOUCURA NO ESCARLATE DE EXU. POR ACASO VOCÊ ACREDITA QUE ELE VIRIA AQUI PARA TE VER EM SUA ROUPA MAIS BONITA? QUEM VOCÊ PENSA QUE É? EXU SÓ VIRIA AQUI HOJE SE FOSSE PARA CORRIGIR A MIM, SEU FILHO MAIS QUERIDO! ELE E EU NOS CONHECEMOS E TENHO CERTEZA QUE SÓ VIRIA AQUI EM PRETO! É PRETO E ACABOU!

- NADA DISSO! É VERMELHO, JÁ COMEÇOU!

E ASSIM CONTINUARAM ENQUANTO EXU, DE PERTO, OBSERVAVA A BRIGA DOS DOIS E ESCARNECIA HOMEM E MULHER PELAS TOLICES EGOÍSTAS E AS FALTAS COM ELE. ENQUANTO RIA E JOGAVA A CABEÇA PARA TRÁS EM CONTENTAMENTO, EXU NÃO VIU QUANDO O HOMEM, AO AVANÇAR CONTRA A MULHER, DESFERIU NELA UM GOLPE COM UMA MACHADINHA DE PEDRA.

- EXU, PRETO! - ELE GRITAVA COM RAIVA...

A MACHADINHA DELE ERA FRÁGIL E, SEM MACHUCAR A MULHER QUE FORA SUA AMIGA POR TANTOS ANOS, SE QUEBROU EM PEDACINHOS AO ATINGIR O CHÃO. NESSE MOMENTO A TERRA COMEÇOU A TREMER COMO SE INCENDIADA PELO FOGO DA RAIVA PRESENTE NO AR.

A mulher não se amedrontou e com toda força foi ao encontro do homem e tentou bater com a pá em sua testa. Antes que ela conseguisse realizar seu intento, a terra tremeu novamente e uma nuvem de poeira subiu, impedindo que o pior acontecesse. O homem e a mulher caíram aos pés de Exu, que continuava ali parado e rindo das tolices dos dois e de tudo o que estava acontecendo.

Mesmo de muito longe, onde as pessoas da comunidade se reuniam ao fim do dia de trabalho para descansar, tudo o que se ouvia era a gargalhada de Exu e só o que se via era a poeira da terra que subia ao encontro do Orun como um furacão.

A terra continuou a tremer e Exu continuou a gargalhar e rodar, numa dança frenética de amor e ódio pelo homem, pela mulher e pela colheita que a ele não foi oferecida.

A mulher, cambaleando de encontro ao chão, gritava como se o último fôlego de vida fosse sair de seus pulmões:

– EXU, VERMELHO!

O homem, coberto pela terra, não se esquecia de repetir para a mulher aquilo que seus olhos tinham visto:

– EXU, PRETO!

A TERRA TRÊMULA RACHOU E SE ABRIU, ENGOLINDO HOMEM E MULHER DE UMA SÓ VEZ. NO CENTRO, UM REDEMOINHO SE FORMAVA PELA POEIRA SUBINDO AOS CÉUS, E ALGUMAS PESSOAS CONTAM QUE ERA POSSÍVEL VER A PELE NEGRA DE EXU QUE, NU, FOI EMBORA PELO MESMO CAMINHO QUE VEIO.

OUTRAS DIZEM QUE SÓ O VERMELHO DA TERRA É QUE FICOU. DIZEM TAMBÉM QUE NUNCA MAIS HOMEM E MULHER FORAM VISTOS E QUE EM SUAS TERRAS, MESMO QUE SE PLANTE NO TEMPO CERTO, NADA FLORESCE.

Foi assim que, mesmo com homem e mulher desaparecidos, sua história nunca mais foi esquecida. E foi assim que Exu ensinou a seu povo que nem tudo é o que parece e que a verdade... ah, a verdade! Mesmo ela, que é uma só, pode ter dois lados.

SOBRE OS AUTORES

MÍGHIAN DANAE

Sou graduada em Pedagogia pela Universidade do Estado da Bahia/UNEB (2003) e especializada em História, Sociedade e Cultura pela Pontifícia Universidade Católica (PUC) - São Paulo (2008), mestra pela Faculdade de Educação da Universidade de São Paulo/FEUSP (2012) em História da Educação e Historiografia e doutora em Educação na área da Sociologia da Educação na FEUSP. Minhas maiores experiências na área de Educação têm ênfase em Educação Infantil, atuando sobre as questões de raça e gênero, educação infantil e estudos sociais da infância. Faço parte do Grupo de Pesquisa em Sociologia da Infância e Educação Infantil (GEPSI) da Faculdade de Educação da USP e do Grupo de Estudos e Pesquisas em Educação da Universidade Lueji ANkonde, de Angola (GEPEULAN). Atualmente sou professora da Universidade Internacional da Integração da Lusofonia Afro-Brasileira – UNILAB (BA).

CACO BRESSANE

Sou ilustrador, formado em arquitetura e urbanismo pela Escola da Cidade, em São Paulo, em 2007, e Mestre em Urbanismo pelo PROURB da UFRJ, no Rio de Janeiro, em 2010. Como arquiteto, integrei equipe de escritórios até o ano de 2012. A partir desta data, decidi pelo sonho de trabalhar com o desenho, trabalhei por quase quatro anos no Estúdio Kiwi, e atualmente dirijo estúdio próprio de design gráfico e ilustração. Já ilustrei para grandes editoras, em publicações de diversos segmentos, com destaque aos didáticos, infantil e infanto-juvenil, além de jornais, revistas e publicações de outras instituições, como a rede Sesc.

Este livro foi editado no outono de 2019, na cidade de São Paulo, pela memória e resistência do povo negro e de axé. O texto foi composto em caracteres Stabile e títulos em caractere Chronic, impresso em OffSet 120g.